星域西遊 1

天外來客

著·繪
岑卓華

序

小時候很喜歡看日本動漫，所以腦內記下了很多不同故事畫面及情節。其中「七龍珠」的打鬥及故事最為深刻，在創作《星域西遊》這個系列時，我加了一點點七龍珠的技擊影子，可說是個人對七龍珠的致敬。

《星域西遊》的故事骨幹參考文學經典名著《西遊記》，戰鬥舞台伸延至宇宙中，天神妖怪造型比較時尚，武功融合現代科技，都是為了讓人看後有耳目一新的感覺。內文中某些戰鬥場面，我用了漫畫來表達，希望能增強視覺效果，令大家印象深刻。

小時候日本動漫陪着我成長，為我的漫畫生涯打下基礎，希望各位小朋友也會喜歡這本不一樣的「西遊記」，能讓大家在經典原著與日本漫畫之外，有更廣闊的想像空間。

故事中孫悟空變了女孩子，這設定和原著很不同，原因隱藏在故事裏，你們能看得出來嗎？

岑卓華

孫悟空

配備武器
金箍棒、觔斗雲

主要招式
龍拳炮

特殊招式
殘影拳、七十二變法

太空隕石中爆發出世。本性善良但頑皮好勝,學習能力強。猴童時期拜普提仙人為師,學懂七十二變法及運用觔斗雲。

唐三公主

配備武器	不詳
主要招式	不詳
特殊招式	不詳

大唐國三公主，生性貪玩，身藏特殊的宇宙力量但不自知。是個機械天才，喜歡改造武器，使用噴射滑板代步。使用銀河能量時，頭髮會變成粉紅色。

配備武器	蛇槍
主要招式	使用黑氣吸取人體內精元、一般槍術
特殊招式	移魂大法、變身

黑旋風

外表美豔，帶着一高瘦一肥矮的護衛前來大唐國捉拿唐三公主的妖精。

目錄

天外來客

第一回

宇宙浩瀚，由四個銀河系所組成，每個銀河系都有一位負責統領的人。四位統領人全都住在各自所屬的天宮中，管理十萬天兵神將，大家稱呼他們為「天帝」。

　　有一天，一顆隕石跌進了西銀河系，墜落於西銀河系中心的地平星上。巨大的衝擊力幾乎能將整片森林掀起。

　　在颯颯晃動的濃煙裏，一個小小的黑影從隕石中走出來，身後拖着一條長長的尾巴，骨溜溜的眼睛四處張望，像猴子般蹦跳到地上。

　　突然，這隻猴童全身繃緊，尾巴的毛也

倒堅起來。警戒地回頭張望。

　　「啊？怎麼會有一隻猴童在這裏？」

　　猴童聽到聲音，咬牙切齒地緊握着拳頭，口中發出「呼呼」的聲音，**隨時便要作出攻擊。**

這人的語氣，散發出一股溫和的氣息，猴童握緊的手也放鬆下來。

「很好，看來你聽得明白我的語言。」

「我叫菩提仙人。」

這男子面容清秀，文質彬彬，是掌管這一帶森林的人，他坐在一小片雲上浮於空中，是一名得道仙人，在地平星上非常有名氣。

猴童正要接口，忽然腳下劇烈搖晃，從地面竄出兩名身穿兵服、身材壯健、面容像地鼠的人出來。

兩人分別站在猴童左右，拔出腰間配刀，指向猴童，一副惡狠狠的模樣。

「何方妖怪，快跪下。」原來是天宮的巡衛兵也感受到震動，前來查看。

「兩位兵哥，不用緊張，這猴童不是來搗亂的。」菩提仙人微笑說道。

「原來是**菩提仙人**在此，失敬。」

「這猴童可交給我處理嗎？」

「仙人，抱歉了，我們受了上頭指示，如發現可疑妖怪，必須帶回宮中拷問。」其中一人說道。

「可破例一次嗎？」

「軍命難違，望仙人諒解。」

說罷，其中一位地鼠兵拿出一條粗如兒臂的手拷，準備套在猴童手上。

此時，**快如電光火石**的一拳打在這個地鼠兵臉上，威力之大，把他整個人打飛開去，倒在地上暈倒了。

「你這妖猴竟敢反抗！」另一位地鼠兵拔刀攻擊。

刀風颯颯，揪起一地落葉。猴童在刀鋒間敏捷地左右閃避，完全斬不中他。

菩提仙人在旁觀看，嘖嘖稱奇：「**牠不是普通猴童啊**。」

「碰！」地鼠兵手上的刀被踢飛，猴童正要乘勢追擊之際，一道白色的光層層地把猴童包裹着，令其動彈不得。

出手阻止的人正是菩提仙人。

「多謝仙人出手幫助！」

地鼠兵鬆了一口氣，此時一股香氣滲入鼻中，突然感到昏昏欲睡，未幾已跌坐地上睡着了。

「抱歉，我不想讓你們再糾纏下去。」

菩提仙人手一翻，困住猴童的光罩已散開，猴童站在地上，本能地想再出手攻擊，肚中卻發出「咕嚕咕嚕」的聲音。

「哈哈，你肚子餓了吧。」菩提仙人笑道。

隨手一揮，地上憑空變出一大堆食物，香氣撲鼻，猴童停住了身子，直瞪瞪地看着食物，口水不由自主地從口中流出來。

「既然你已教訓了他們，剛才的事情便算了吧，好嗎？」

猴童想了想，便點頭示意。

「好孩子，那你盡情吃吧。」

猴童急不及待地撲前，一手拿起雞腿便咬下去，還沒吃完，已拿起炒麵放入口中。

菩提仙人微笑不語，飄近睡在地上的地鼠兵們，口中唸咒，一道光射進地鼠兵腦中。

「幸好他們智力不高，容易修改記憶，就改成只是普通隕石造成的意外事件好了。」

當修改好二人記憶後，菩提仙人望向隕石墜落的地方，現在沙塵散去，已能夠清楚看到隕石的大小。

隕石面積相當於一間石屋的大小，中間裂開了一處裂縫，石身仍散發出陣陣熱氣。

「那孩子不像是巧合經過這裏，難道

真的是從隕石中出來？🔥」

　　為了解開心中疑團，菩提仙人飛前去察看，環繞了隕石轉了一圈，並沒有發現可疑之處，探頭望向裂縫處，菩提仙人露出**震驚的表情**。

　　「這⋯⋯這是⋯⋯石內竟隱藏了這驚人秘密，看來是天意安排，幸好是我先行發現，若給天宮的人知道，定會引起**軒然大波**，這猴童也性命難保。」

　　菩提仙人從懷中拿出酒壺，打開瓶蓋後，一股吸力瞬間將整顆隕石吸入其中。

　　收起酒壺後，菩提仙人喃喃道：「我這樣做究竟是對還是錯？」然後他又轉念一想：「不過，既然已做到這地步，**一切便交由上天決定好了**。」

　　整理好思緒後，菩提仙人將四周的碎石

集結起來，組成和隕石差不多的模樣，完成後露出非常滿意的表情。

「看來我的藝術天分也不差。」

飛回猴童處，剛好看見猴童把最後一塊酥餅放進了口中。

「想不到你除了力氣大，胃口也非常大呢，這可是十人份量的食物啊。」

猴童展露出笑臉作為回應，菩提仙人心想果然是孩童心性，一餐美食便能化解敵意。

「你應該沒有親人吧，如你不嫌棄，我可以收留你，還會教你這星球的文化。」

見猴童沒有回應，菩提仙人繼續說：「當然三餐也會讓你吃得飽飽的，若你答應便坐上來吧！」

猴童似懂非懂地想了一會，便爽快地跳上菩提仙人身旁，坐在軟綿綿的雲上，猴童顯得有些不習慣，但同時覺得非常有趣。

「這叫**觔斗雲**，速度是非常快的，抓緊我了。」

「嗖」的一聲，觔斗雲已在半空中飛馳，風呼呼地打在猴童臉上，他只能用力瞇起雙眼，很快已飛越幾座大小森林。

「孩子，前面的花果山便是我們的家。」

猴童探頭向前望去，一望無際的草原上聳立了一座高山，林中有一條大瀑布，在山頂處有一間古樸的大屋依山而建，在陽光下外牆顯得**閃閃生輝**。

觔斗雲從大瀑布中穿過，落在大屋前的空地上，菩提仙人領着猴童前行。

「小月，我回來了！」

「爺爺，你回來啦。」一把聲音從屋內傳出。

大門打開，一個穿着簡樸衣服的女童走

出來，圓圓的臉加上淡綠色的頭髮，**頭上長有一對鹿角**，樣子非常機伶。

看見女童走近，猴童本能地警戒起來。

「不用緊張，她和你一樣都是我收養的孤兒。」說時拍了拍猴童的肩膊。

「還有她廚藝了得，你剛才吃的食物便是她準備的。」想起剛才美食，猴童不由得吞了一下口水。

「爺爺，這位是？」小月問道。

「他將會加入我們這個大家庭，**你們年齡差不多**，應該很合得來。」小月聽後竟有點害羞起來。

「小月，你煮給我的後備食糧全被他吃光，要勞煩你再煮一些了。」菩提仙人笑道。

「這……真的嗎？」小月露出不可置信的表情。

「絕無虛假，咦？那七隻百厭星不在

家嗎？」

「在呀。」小月沒好氣地指着二樓的窗戶。

窗戶內有七對圓溜溜的眼睛👀正鬼祟地偷看，目光全落在猴童身上。

「快下來吧，太失禮客人了。」小月叫道。

「吱喳……吱喳」七隻小猴子從窗內走出來，沿橫樑柱子蹦跳下來。手舞足蹈地圍着猴童團團轉，顯得非雀躍。

「呵呵，牠們把你當成是大哥哥了。」

可能是同類關係，猴童露出了微笑。

「你好，我叫小月，多多指教。」小月伸出手道。

猴童猶豫了一下，想到這是善意的舉動，也伸手互握。

「你叫什麼名字？」

猴童抓了一下頭，不知如何回應。

「小月，他還不懂說人語，可能沒有姓

名。」菩提仙人接口道。

「原來這樣。」

「那麼爺爺，**不如你幫他改個姓名好嗎？** 就像我們一樣。」

「好吧！讓我想一想。」

菩提仙人來回思索着，過了片刻停下腳步，望着猴童説：「你長得**像隻猢猻**[1]，我就在你身上取一個『猻』字，去掉『犬』字傍，『孫』字拆開變成『子』與『系』，『子』的意思是男子，『系』的意思是嬰孩，就像我見你時是一個小男孩，你就姓『孫』吧。」菩提仙人想了一想，接着説：「我現在收你為徒，排行『悟』輩，**你就叫悟空吧！**」

猴童得知自己的名字，興奮地在心中反複唸着：「孫悟空！孫悟空！」

1 猢猻：猴子的別稱，拼：hú sūn，粵：wu4 syun1

龍宮寶物

第二回

孫悟空天性聰敏，三個多月便學會人語，菩提仙人亦**教他地平星上的文化知識及法術。**

時光飛逝，轉眼過
了十年，孫悟空長得
高大壯健，威風凜
凜。將菩提仙人
教授的**七十二變法術練得爐火純青**，
一個筋斗已可達十萬九千里。

閒時菩提仙人會帶着悟空周遊列國，了解各地風土民情，遇見不平事，更會出手相助，耳濡目染下，悟空也養成樂於助人，見義勇為的性格。

　　孫悟空居住的花果山旁有一座龍宮，住着管轄東海領域的東海龍王。龍王和菩提仙人是好友，所以悟空經常到龍宮玩耍。

　　東海龍王育有三子一女，最疼愛小女兒龍玉，龍玉性格剛烈好動，和悟空性情相近，兩人成為好友經常結伴遊玩，龍王愛屋及烏，對悟空亦視如子嗣。

　　悟空天生好勝，法術也好，在東海地區內的妖獸全都敗於他手上，誰都不敢惹他，眾

妖更封了他一個外號——**大聖王孫悟空。**

　　這天，悟空正乘着觔斗雲返回花果山。穿過了水簾洞直飛屋前，從雲上一躍而下大叫道：「各位，有好東西給你們看，快出來。」

　　七小福聞聲紛紛從屋內跑出來，當年的小猴們已成長，但孩童心性不變。不一會，小月也出來了，十年過去，**小月長得亭亭玉立，冰雪聰明。**

　　「大哥，你說的好東西就是這棍？」七小一說道。

　　「沒什麼特別啊。」其餘六

猴圍繞悟空身邊紛紛說道。

「這棍可是件寶貝。」悟空笑嘻嘻地耍了兩圈長棍。「是龍叔贈我的，他說這是當年大禹仙人用來治水的定海神針。」

「這麼小也能定海？」七小二好奇道。

「看清楚。」悟空口說：「變大。」

鐵棍瞬間變成一根兩米多高的巨棒。

七小福露出驚訝的表情。

「還不止如此呢。」悟空笑說。

「變大些，再大些。」

棍棒越變越大，瞬間變得猶如一座巨山般，直達雲端，整個花果山被遮蔽得黑黑沉沉。

「這寶物真的是龍叔叔給你的嗎？」小月瞇起眼疑惑地問。

「當然了，我不會偷東西的。」

「我問龍叔有沒有武器可送我，他說如

果我拿得起這神針便送給我。」悟空神氣地説：「我當然接受挑戰，當時我把手按在棍上，心中想着如果能變小一點就好了，就像這樣。」

　　悟空把手按在棍上，心唸「變小」。擎天巨柱如有靈性般瞬間縮小，變成鐵針般大小。小月和七小福嘴巴張得大大的，不敢置信。

　　「這叫如意金箍[2]棒，重一萬三千五百斤，龍叔也説這寶貝是非我莫屬的。」説罷將神針收回耳中。

　　「龍叔對你真好，你要好好答謝他啊。」

　　「當然，所以……」悟空雙手合十難為情續説。「有勞你煮幾道他愛吃的小菜孝敬他了。」

2 箍：拼 gū，粵 ku1。

「真是的，這寶貝又不是給我……」小月嘟嘴說。

悟空取出了一隻精緻髮夾。

這當是酬勞可以嗎？雖然不是珍品，但我也走遍多處才買到的。

你呀，欠我的債一輩子也還不完啊。

嘻嘻，謝謝小月大人幫忙。咦？老爺子不在嗎？

「爺爺去了天宮。」七小二說。

「好像要過一陣子才回來。」

「説是參加什麼宴會。」七小四説。

「**是蟠桃宴** 。」小月接口。

「天宮蟠桃宴……」悟空仰頭望向天空。眼中閃過一絲光芒。嘴角微微揚起。

你別打鬼主意，天宮不是凡人妖獸隨便前去的地方。

「**擅闖進去，小命不保。**」小月認真地説。

「知道了，菩提老師也曾經説過我的身份是個秘密，**不宜到處惹事。**」

「你知道便好，別動歪念頭，進去吃午飯吧。」

悟空吃過飯後，找了龍玉切磋武藝，休息的時候兩人坐在海邊閒談。

龍玉，你去過天宮嗎？

還未喔，不是天兵神將不准進入的。你想去？

　　「是。」悟空眼中滿是期望。

　　「不過聽父王説，天宮好像計劃遷移到別的星球 🪐，這次的蟠桃宴可能是最後一次舉辦了。」

　　「什麼！」

　　「可能我們一輩子也沒機會參與了，真可惜。」龍玉仰望天上。

　　「是嗎？」悟空心想。

天宮位於 九霄雲外，守衛森嚴，
如果沒有通行證，接近者全都格殺勿論。

這天，一名不速之客踏着天梯冉冉前行。

天梯盡頭，兩名守門天將屬聲喝止。

「來者何人，到此所為何事，有通行證嗎？」

「嘻嘻，我是來找天帝聊天玩樂的。」

「大膽小妖，竟敢來生事。」兩名天將得知來者不善，拔出腰間配刀大喝。語音剛畢，「啪！啪！」兩名天將頸側同時受到重擊，**雙雙暈倒地上**。

「守門的，也這麼不堪一擊，失望。」

來者正是孫悟空，他背着如意金箍棒向着天宮大門行去，**突然面前的景象扭曲變化**。整個天宮消失不見，只有一片天空。

「**虛無結界？**難不倒我的。」

悟空躍起，揮棒向虛空重擊，如擊打在水上，天空泛起了一波波的漣漪。

未幾四周景象再次滙合成形，**虛空浮現出一道巨門**，門上刻有一異獸雕像，這正是天宮入口。異獸雕像如有生命般張口直撲悟空。

悟空揮棍直捅向前，重重地擊打在異獸身上，強勁的威力令**異獸身上產生無數裂痕**。

破！

雕像連同大門爆裂，虛無結界如玻璃般碎開一道缺口。

「舉辦蟠桃宴，怎能沒有本大聖參加！」說罷，悟空向前邁開大步。

大鬧天宮

第三回

悟空穿過結界踏進天宮一刻，四周已有近百名天兵等候，**將他重重包圍**。為首的將領，身高四米多，體形龐大，是天宮四大門神之一的東方門神，大聲喝道：

何方妖怪，竟敢硬闖天宮。

「蝦兵蟹將，還不配知我名號。」悟空笑說。

「大膽妖猴，竟敢狂妄，眾兵聽命，生擒處刑。」

眾兵領命，抽出兵刃一擁而上，悟空持棍迎戰。

一棍一個，不消一刻，已有二十多名天兵倒在地上，其餘天兵見狀，停下攻勢，重新佈陣。

九人一組成田字型，攻守兼備，整齊有列地圍成半圓步步逼近悟空。

「嘿，只需一招便可擺平你們。」悟空擦擦鼻子。

「一招？真大口氣。」東方門神冷笑。

只見悟空心念一轉，如意棒變成巨棍，雙手環抱大力橫向揮出。

猝不及防，眾天兵反應不來，整齊的隊形成了致命傷，*被巨棍如掃骨牌般打得潰不成軍。*

「哈哈，真好玩」悟空興奮大笑。

「妖猴，看我怎樣收拾你！」東方門神大怒，**抽出狼牙棒衝向悟空**。

狼牙棒力敵千鈞，全向要害攻擊，悟空卻從容地持棍擋下。久攻不下，東方門神已**汗如雨下，氣喘吁吁**。

悟空故意露出空隙，東方門神**不虞有詐**，直擊而下，卻只中殘影，心知不妙。悟空已閃至身後，重棍直打屁股，把他如球般打飛開去，東方門神痛得眼淚直流。

「大冬瓜，果然皮堅肉厚。」

突然，**一個大陰影蓋住了悟空**，舉頭一看，一個龐然大物直壓下來。無從躲避，悟空被壓個正着，「轟隆」巨響，沙塵四散，大物原來是一座寶塔。

「李……李天王，你來得正好。」東方門神按着屁股忍着痛説。

這妖怪是什麼來頭，竟敢來天宮生事？

來者正是天界有名的**托塔天王李靖**。他踏在雲上，左手控制着寶塔，右手按着腰間劍柄，嚴肅威武。

兩人說話間，重逾千斤的巨塔冉冉升起。

悟空雙手托起巨塔，使勁

朝兩位天神方向拋出，**氣勢磅礴**，托塔天王急唸口訣，巨塔瞬即縮小重回掌中，餘勁令其馬步不穩、狼狽不堪，威風掃地。

托塔天王惱羞成怒喝道：「**所有天兵聽命，格殺勿論！**」

「好呀！正好再來活動一下筋骨。」悟空伸了一下懶腰。

正要開打之際，一股果香飄來，悟空朝飄來方向嗅了一下，食指大動。一筋斗便消失得無影無蹤，**眾天兵頓時不知所措。**

李天王眼尖，大喝：「妖猴，**逃往西靈宮方向**，快追！」

悟空朝着香氣前去，翻落在一城牆上，眼前是一座自成一角的龐大花園，園內一棵巨樹上掛滿了香氣四溢的蟠桃，四、五個宮女們正忙着收集蟠桃，一堆堆放在枱上，準備宴會。

「果然是仙桃，真香。」

悟空舔了一下嘴邊，一躍而下來到桌前，一手一個拿起香桃，**大口大口地吃起來。**

宮女們專注收集，全不察覺，直至聽到一陣陣「習……習」聲音，才遁聲察看，發覺枱上的蟠桃少了一堆，一隻猴妖正在狼吞虎嚥吃着。

「哇，有妖猴偷吃仙桃呀。」宮女高聲尖叫。

悟空知道被發現了，舉起手指，對着眾宮女唸起咒語，大叫一聲「定！」眾宮女即時動彈不得，啞口無言。

「老孫開餐，別大呼小叫。」

看着桌上的仙桃不斷減少，眾宮女欲哭無淚，此時，遠處傳來了托塔李天王的聲音：「妖猴在這裏！」

　　悟空使勁將手上的蟠桃掉向他，李天王一閃避開，悟空趁機再躍向前方庭園。

　　「追得到，給個銅錢你買紅棗。」

　　「妖孽，你當天宮是遊樂園嗎？」

　　眾天兵緊跟李天王追趕，礙於怕損毀庭園建築，不敢全力施法，反觀**悟空肆無忌憚，到處搗亂**，氣得李天王怒髮衝冠，火冒三丈。

　　追逐間，悟空再嗅到一陣陣清香，香氣從前方一座外形像葫蘆的房子傳出，悟空心念一轉變成一隻麻雀，朝屋子飛去，眾天兵再次失去悟空身影，手足無措。

　　屋內只見一個童子坐在一座火爐旁，小心翼翼地**將爐內的丹藥放進一個葫蘆內**，香氣四溢。

　　原來悟空衝進來的是一座煉丹房。

丹房重地，竟無人看守，悟空聞着香氣四溢的丹藥，心裏想着那味道肯定又是天上有地下無的，再次口水直流。

收丹藥的童子看到一隻妖猴闖進來，心知不妙，正想大叫人來，卻不及悟空手快，輕輕一下手刀更被悟空打昏了。

只見童子身旁放了數個葫蘆，每個葫蘆都貼上藥名分類：**長生丸、清心丸、素女丸、美顏丸等等**。

悟空看了一遍，也不理解其功效，索性**全都吃掉**，咕嚕就把所有丹藥吞下肚。

不一會，整個人便發熱起來，雙眼猶如火燒般，身上不斷散發出熱煙。

「力……力量……竟湧出來了……」**體內炙熱難忍**的悟空一聲長嘯穿破屋頂，跌落在廣場中。

眾天兵迅速趕到，將其包圍，李天王大

喊：「你竟敢偷吃獻給天帝的仙丹！」

「嘿，我天不怕地不怕，吃了又如何？」
毫不示弱的悟空説。

仙桃仙丹全毀於一旦，天帝必定降罪，
李天王勃然大怒。

「天殺的妖猴，我一定要捉到你！」一
聲令下，過百天兵一同湧向悟空。

悟空也從容不迫地從頭上摘下一把毛
髮，吹了一口氣，毛髮全幻變成悟空
模樣。「去！把他們全部打飛！」

過百悟空持棍迎戰天兵。

每一個悟空的分身實力也不弱，不少天
兵相繼倒下，形勢漸落下風。

「好厲害的分身法，這妖猴不簡單。」
李天王見狀即時唸咒語，寶塔發出強猛吸
力，將悟空的分身全吸進塔內，轉眼已控制
局面。

「不錯啊，這寶貝。」

不知何時悟空已在李天王身後，他急忙抽出寶劍向後橫劈，但只劈中殘影，再回頭，已見數個悟空把自己團團圍着。

李天王經驗豐富凝神感受氣息，瞬間找出悟空真身。

「在這！」揮劍往真身刺去，悟空舉棍擋格。

「真眼尖！」

「哼！」李天王使出看家本領，**劍身泛起陣陣金光**，打出兩個鋸齒形狀的刀輪，左右夾擊悟空，悟空不慌不忙旋轉棍棒將其盪開。

李天王順勢再劈出一道凌厲氣勁，悟空同時也揮出一棍，劍棍相撞，李天王竟感到手臂酸麻。

急忙橫掃腿迫悟空後退，兩人分開後再撲上，快接觸一刻，**兩人身形同時消失**，半空中只傳出連綿不絕的碰擊聲，兩

人不停移影隨影較量，一時間誰也打不中對方。終於，李天王捕捉到悟空出現的位置，胸有成竹揮劍直刺，但可惜還是悟空的殘影，知道中計。

這時悟空已在其身後，雙腳重重地打在臉上。李天王被踢飛開去，直撞附近樓舍。

「**竟連李天王也不敵**，這妖猴厲害至此。」這時趕來援助的南方門神面露懼色。悟空口中吐出火球乘勢追擊，李天王剛從瓦礫中站起，看到火球已逼近，知道閃避不及，只好運勁抵擋。

當火球快要攻上李天王之際，竟無故消失得無影無蹤。**緊隨着一股祥和氣息籠罩四周**，悟空大鬧天宮終於**驚動了如來**佛祖。

如來

封印

來

第四回

孽海
無邊，

回頭是岸！

來者一行三人，説話者目光炯炯，金光閃閃，正是如來佛祖。

如來超越三界，不在五行，居住在三十三天外，法力無邊。眾天兵看見如來佛祖出現，全都恭恭敬敬地停下手。

「口氣真大！你是何方神聖？」面對如來無上威嚴，**悟空毫不畏懼**。

你這小妖，真是孤陋寡聞，如來也不知！還不認錯！

伽葉，師尊自有分數，別多嘴。

如來身後跟有一男一女，都是其入室弟子，女的叫小善，男的叫伽葉，開口取笑悟空無知的正是伽葉。

「如來？！」這個名字令悟空勾起了菩提仙人對他說過的一番話：

天帝是萬神之尊，但論力量，如來就是**萬神之最**。

「即使是萬神之最！我也不怕。」

天生好勝的性格，令悟空**熱血沸騰要越級挑戰**。

「你好陌生的面孔，你是誰？」如來雙目透出攝人光茫直視悟空。

聽好了，我是大……

悟空正想報上自己「大聖」的名號，突然
心念一轉說：

我是顯赫有
名的齊天大聖
孫悟空！

悟空**無懼**
如來威嚇，
理直氣壯回應。

「齊天大聖？**這妖猴竟斗膽與天帝看齊**。」眾天神天兵氣得咬牙切齒。

「個子小小，口氣好大，真不自愛。」如來語氣轉冷，可見他將要出手了。

「師尊息怒，可讓我嘗試感化他嗎？」小善說。

「你試試吧，**每個人都有悔過的機會**。」

得到如來許可，小善坐着蓮花座飄近悟空。

「我叫小善，悟空你知道自己犯了天庭規條嗎？但不要緊，知錯能改還不算遲。」

「妳的笑容很好看，**但我有何過錯！**」

「悟空，只要你**摒棄無知兇暴之心**，跟我去向如來懺悔便可從輕發落。」小善伸出手道：「來，看清形勢，**別被心魔**

控制。」

「廢話！別白費唇舌了！」悟空決絕地撥開小善的手。

小善悲天憫人，希望能化解這無謂的爭鬥，但悟空依然生性急燥好勝，根本不聽小善勸說。

「唉！」小善長歎一聲退開一旁。

「小善真是多此一舉。」伽葉說。

「悟空，小善慈悲心腸，求我給你一個機會，可惜你不領情，別怪我了。」如來準備親自出手，眾天兵神將全都火速散開。

「嘿，我才不怕你。」悟空根本不知道如來是誰，只當自己的法力是最強大的。

大喊一聲，悟空力量運行全身，「嗖」地一聲，已原地消失，再出現時，已在如來背後，舉棍就想往如來頭上打。

如來頭也不回舉手擋下了這一棍，最令悟空吃驚的是擋下這棍的**竟只是一根尾指**。

「你竟小看我！」悟空不再留力，向如來狂敲猛打，如來還是用一根尾指**輕描淡寫地一一擋下**，悟空一輪狂攻不下，已有點氣力不繼。

「洩氣了嗎？現在知錯悔過還未遲。」

「你煩不煩！」悟空再攻，但如來用迅雷不及掩耳的速度在悟空額上一彈指，悟空如炮彈般飛退，使出九牛二虎之力方能止住退勢，**異常狼狽**。

「嘎……嘎……好屬害。」悟空剛立定，背後已傳出如來的聲音。

「還要再來嗎？」

無形壓力令悟空急忙向前閃開，如來並沒追趕，但已削弱了悟空氣勢。

龍？

我知道你師承何處了。

竟可陣前提升，
鬥志可嘉。

如來還是氣定神閒，只見其
身後漸漸浮現出兩隻巨手。

嘿,終於要認真了嗎。

小妖即是小妖,愚昧無知。

你可知道我師尊外號嗎?

別嚇呆了,就是千手如來!

什麼
千手？

我用全力，
你只用兩隻
手？！

吼！我才
不怕你！

極限提升！

頑強意志超乎想像，
竟令他再突破極限。

一手崩解，
另一巨手補
上阻擋。

好傢伙。竟要我
用第三隻手。

悟空徹底敗下陣了。

「有錯便該受罰，我要收服你，善哉，善哉！」

如來執法，悟空已再無力抵抗。

兩隻巨手憑空出現在悟空兩側，同時把他抓緊，悟空仍不甘心就範，苦苦掙扎。

「悔過從寬，抗拒從嚴，乖乖受罰吧！」

「罰你個屁！」

強弩之末，還想垂死掙扎。

悟空雖口硬，但再也支撐不住，巨掌轉化成一個光球把他困封於內。

「念在你是菩提弟子，**不毀你元神，但要終生為囚**。」

憑剛才悟空使出的招式，如來已清楚他是誰人的徒弟。如來不誅悟空，李天王等雖不情願，但也不敢作聲。

小善明白如來心意，說道：「師尊安排悟空活下來，導他走上向善之路，若能大成功德，因果無量。」

「當然禍福要看悟空造化了。」

如來飛向高空運起法力，居高臨下引發天雷，劈向下界山峽，掀起驚濤駭浪，河床鼓動，巨柱高峯隆起，貌似五根巨大的手指。

念力所及，在其中一根巨柱刻上法咒，接下來便是安置悟空。

「從今以後，此山名叫五行山，孫悟空你便乖乖在這悔過吧！」

困着悟空的光球，直飛五座山峯的中空位置，直達山底，五條巨柱圍攏移合，

環抱成形。

光球內的悟空怒吼嘶叫：

如來！我絕不會忘記今日的仇恨……

「唉，早知今日，何必當初？」如來重歸天宮去了。

混亂終告一段落，悟空大鬧天宮，一敗塗地，被封印囚困在五行山中，承受着苦果。

第五回

唐三公主

一千五百年過去，天宮已遷移至另一行星上🪐，留下了少數的天兵神將維持地平星治安。

　　這些年文明科技日益進步，人類與妖怪不再對立，和平共處了八百年之久。

　　但最近本來善良的妖怪，突然性情大變，再次襲擊人類，各地的妖怪頭目發起戰爭，各國君主再次組織軍隊對抗，留守的天兵神將一時間也應接不暇。

　　大唐國是位於五行山下的少數大國之一，暫時未受妖怪來襲，但也戒備森嚴。

　　「噠噠……」一陣陣馬蹄聲在山路中響起，一輛華麗的馬車正向着城鎮方向駛去，停在城鎮入口處，途人議論紛紛。

駕馬車的騎士下車後站在馬車門前等候。

咯咯

車門打開，一名穿着時尚公主服裝的少女步出，一頭紫髮，神情高傲。這少女便是大唐國的唐糖三公主，人稱——

唐兰
公主

　　唐三公主性格刁蠻任性，持寵生嬌，約十五歲，雖然年紀小，但在**機械及科學知識方面都是公認的天才**。

　　尾隨公主下車的還有三人，**一名法師，一名弓箭手及一名槍騎士**，連同剛才的**劍騎士**都是大唐城內數一數二的高手。

　　在城鎮入口處有幾名小童正在玩耍，看見唐三公主來到，全都一哄而散。

怪獸又來了！

快走！

哼！沒禮貌的小鬼，討厭。

公主殿下，今天陽光有點猛。

剑騎士跑向鎮內的蛋糕店，不一會便從店內跑回，手棒着一件草莓蛋糕。

「公主殿下，你最喜歡的溏心士多啤梨蛋糕🍓。」

唐三看了一眼後，壓低聲調說：「我吃慣的是兩顆士多啤梨的，難道你不知嗎？」

「我……我忘了，現在便去更換。」

「那還不快去！」舉腳把劍騎士踢飛開去。「正笨蛋。」

遠處的小童看見齊說：「怪獸公主又欺負超人了。」

「你們這些小鬼胡說什麼！」

眾小孩聽到又再一哄而散。

唐三公主邊吃着蛋糕邊步入鎮內，騎士三人貼身保護在側。法師走向馬車，在近車尾的位置按了一個掣，「蓬」的一聲，馬車變成了一顆手掌大的膠囊💊，法師小

心地收進布袋中。這顆神奇膠囊是現今最先進的科技品，只有富豪級的人才買得起。

　　這市鎮規模不算大，但應有盡有，其中這間專門售賣時尚潮流服飾的「Princess shop」，是世界知名品牌，光顧的全是非富則貴的人，在全國的分店更是寥寥可數，剛好這市鎮便有一間。

　　「如果不是要拿限量產品，我也懶得來這鎮上。」

　　「咦？」吃完蛋糕的唐三看到站在店舖門側不遠處，**有兩個打扮奇怪的人**。

　　一個身材高大瘦削，一個矮小強壯，兩人上身都穿着西裝，打着煲呔，下身卻穿了短褲，裝扮非常突兀古怪。

　　「品味真差，嘔。」唐三心裏嘀咕。

　　店門打開，五人踏入店內，**一具智能**

人偶前來招呼 。

「請問是 VIP 會員，還是普通訪客？」

「Q3369。」唐三公主接口說。

「原來是鑽石級 VIP，歡迎光臨。」

「妳預訂的限量紅水晶高跟鞋已到貨。」智能人偶接着說。

「好的，我先四處參觀一下。」

店舖產品分門別類，擺設簡潔，唐三走向禮服陳列室參觀，室內只有數人，其中一名女子吸引了唐三的視線，那女子正拿起一件黑色蕾絲晚裝在鏡前試身。

女子一頭及腰長髮，穿着黑色皮褸及熱褲，修長兩腿分別穿上不同款式的長襪，襯上高跟鞋，加上豐滿曲線身型，性感非常。

女子留意到唐三的注視，禮貌地微笑，笑容迷人。還向跟在唐三身邊的四名護衛眨了眼，**四人瞬間如着迷般**不自覺一同舉手說：「Hi！」

「咳⋯⋯咳。」唐三露出鄙視的眼神望向四人。「你們真失禮。」

四人連忙行禮謝罪。

女子微笑，放下禮服，步出陳列室，**濃郁的香水味還瀰漫在室內。**

「真俗氣。」唐三不屑地說。

逛了一會，唐三在服務台拿取限量鞋子，男店員打開盒子讓唐三檢查。紅水晶透徹明亮，產量不多，泛起陣陣紅光，**鞋子更內藏**

記憶納米晶片，會自動調整尺寸，所以不論腳型大小都能穿着，可説是高科技產品。

唐三急不及待試穿了一下非常滿意，正交回店員之際，一把雀躍的聲音傳來。

「可給我看看嗎？」是剛才那名性感女子，唐三冷冷地回應：「不可以。」

女子微笑地轉向男店員，用甜甜的口吻問：「可以嗎？」

「當……當然可以。」男店員竟急不及待地將鞋子遞給這女子。

「喂！這鞋子是我的，你怎可以交給她！」唐三向店員大喊。

女子沒理會唐三，接過鞋子穿上後來回踱步，滿臉喜悦。「果然和我很配啊！那我要了。」

「什麼？你想強搶嗎！」轉頭向護衛道：「你們快去將她鞋子除下來。」

四人聽了指示後卻還是呆呆地站

着，痴痴地看着女子。

「你們聽不到嗎！」唐三大喝。

「小妹妹別動氣，這鞋子不襯你，無謂浪費好物，這樣吧，你隨便挑選一件物件，我送你，價錢不拘。」

「哼，不用了，你知道我是誰嗎？」

「嘻，不知道。」

「真是土包子，你聽清楚了，我是大唐國唐糖三公主。」

「什麼？你是大唐公主。」女子吃驚地說。

「當然了，你是惹不起我的，快還我鞋子。」

女子嘴角微微上揚，喃喃道：「獵物竟自動找上門……」

下一刻，女子乖乖脫下鞋子交回店員：「我真是有眼不識泰山，請見諒，鞋子還你。」

「啊，這麼順利？」對方態度轉變之快，令唐三有點錯愕。

「我是淑女，不會強行據為己有。」說罷，女子微微躬身行禮，轉身離開。

唐三看着女子步出店門，**總覺得事情有點奇怪**。

「公……公主殿下……剛才……」劍騎士說。

「哼，你們竟敢逆我意！」唐三答。

「這……我們也不知何解……不過，我懷疑那女子……可能是……」劍騎士欲言又止。

「別吞吞吐吐，快說！」唐三不耐煩了。

「妖怪！」

「妖……妖怪？」

「對，只要和她對望，**心神就被攝着般**，不能自控。」槍騎士說。

「是你們色迷迷吧，又不見我被攝着。」唐三回應。

「公主殿下，此地不宜久留，趕快返回皇宮吧。」劍騎士說。

「哼，杯弓蛇影。」唐三不悦。

取過鞋子，五人步出店門之際，竟看見那女子擋在門外，**踮着腳坐在一條巨蛇身上**，剛才店舖外那高矮二人分別站在她左右。

黑風女妖

第六回

女子奇怪的行為，引來了不少途人圍觀。

「唐公主，想起剛才對你的無禮，實在過意不去，**為表歉意，誠邀你到府上聚餐謝罪**。」女子見到唐三後微笑説。

説罷，蹺腳坐在蛇上的女子縱身一躍落地，擺了個自以為了不起的姿勢説：「忘了自我介紹，我叫黑旋風，**人稱黑風女妖**，他們二人是我的左右先鋒，高的叫蛇兵衛，矮的叫龜太郎，合稱黑風三人組！」

「果然來者不善。」劍騎士擋在唐三身前。

「呵呵，不用緊張，只是普通聊天飯聚罷了。」

「不用了，我沒興趣，再見。」唐三轉身離開。

「公主殿下，不要這麼冷漠好嗎？」

女子見唐三正要離去，向身旁男子示意，身形矮肥的巨漢收到指示後馬上跟上

唐三。

　　劍騎士拔出佩劍，指着巨漢說：「停步，否則後果自負。」

　　壯漢完全無視警告，繼續前行，劍騎士發動攻擊，巨漢一側身、一低頭，一下子閃開兩劍，身手敏捷。

　　劍騎士再攻，巨漢從身後取出伸縮棍擋駕，劍來棍擋，圍觀途人喝采不絕，戰鬥中劍騎士按動劍柄上的按鈕，劍身隨即發出陣陣藍光，一劍劈下，伸縮棍即時斷開兩截，巨漢順勢退開。

　　「你的武器已毀，就這樣罷手吧，別再把事情鬧大。」劍騎士說。

　　在旁觀看的唐三一臉得意，心想：「這把劍經過我改良，果然不同凡響。」

　　巨漢目光注視着劍騎士手中的劍，緩緩說：「你……的劍……不錯……我要了。」

說罷，喉頭傳出「咯……咯」聲響，漲得如氣球般大，接着從口中吐出一連串水彈。

劍騎士揮劍把水彈蕩開，水彈把店舖窗戶及雜物都震破了。

「果……果然是妖怪。」

途人得知巨漢的真身後荒忙逃避，店舖匆匆關門，轉眼已水靜河飛不見人影。

劍騎士忙於擋水彈，冷不防巨漢竟如子彈般彈射過來，被重重地撞飛開去，佩劍脫手，跌在地上，按着胸口痛苦非常。

巨漢正想拾起地上的劍，突然，一支如吸盤的箭射在手腕上並爆炸，巨漢錯愕間，三個像甜甜圈的光環把他牢牢套住，動彈不得。

「哈哈……龜太郎是否很久沒動筋骨

了，竟這樣狼狽。」高瘦男冷冷地取笑同伴。

龜太郎聽後，「哼」了一聲，運力掙脫光環。

「吼！」**光環爆散，龜太郎怒視法師**，法師大驚，再唸動魔法，但龜太郎已快如閃電，一拳重擊在法師腹部，暈倒在地。

龜太郎緊接着彈跳向弓箭手站立的方向，一腳把他踢昏。不需一刻已打倒兩人，槍騎士大驚，不敢大意發動攻勢，槍尖注滿能量，全力向着龜太郎刺去。

龜太郎揮起手刀迎擊，如利刃般把槍切成兩段，巨手伸前握着槍騎士咽喉，把他提在半空。

槍騎士痛苦掙扎，龜太郎嘴角上揚，手再握緊了一些，突然，**一顆石子擊中了額頭**，龜太郎額角馬上流血。

龜太郎向着石子飛來方向看去，原來是唐三踢起的石頭。

　　「嘻……我……我只是想……請你放下他。」唐三表情滑稽生硬。

　　「果然如傳聞所說，她身上隱藏了銀河能量。」女子興奮地說。

　　「對，竟輕易打破霸體。」高瘦男子說。霸體是妖怪天生便有的防護罩，強硬度視乎修行，凡人很難打破。

　　「大姐，這鞋子我送給你好了，就此算吧。」唐三說。

　　「小公主，鞋子我不要了，我只想要你。」

　　「你……你們捉我做什麼？」唐三問。

　　「哦？原來你不知道？難怪還敢大搖大擺四處走。那我告訴你吧，你身上藏着『銀河能量』，現在是全銀河所有妖怪都想爭奪的人。」

「什麼？你在說笑吧！」唐三驚訝。

「信不信由你，龜太郎動手！」黑旋風說。

龜太郎行近唐三，唐三從懷裏取出電話，「我已把你們的罪行錄下，只要發送回皇宮，你們插翼也難飛。」

「那你趕快發送吧。」黑旋風笑瞇瞇說。

「哼！」唐三按掣發送，但訊息卻傳送不出去，熒幕顯示沒有訊號。

「怎……怎麼會這樣？」唐三神情緊張不停按掣。

「小公主，死心吧！這市鎮的網絡我已切斷了。」蛇兵衛說。

「這麼短時間便做到，怎麼可能？」唐三回應。

「嘿嘿……人類的科技怎能和妖之一族相比了。」蛇兵衛示意唐三向上望。

唐三舉頭察看，天空中飄浮着數個如棒球大小的金屬球，不停閃動着紅光。

「是它們在干擾訊號。」唐三説。

突然，唐三手上的電話脱手飛出，落在黑旋風的手上。

「啊！這是限量版啊，款式真好看。」

「你⋯⋯你快還我！」唐三大喊。

「可以啊！」黑旋風吹了一口氣，電話飛回唐三處，途中電話卻逐漸分解，回到唐三手中時剛好完全消失了。

「雖然有點可惜，但沒辦法呢。」黑旋風邪笑説。

唐三清楚不能再坐以待斃，從身上取出神奇膠囊，變出一塊浮空滑板，敏捷地踏上滑板逃生。

浮空滑板速度奇快，一眨眼已轉入鎮內消失不見。

「嘻，妳逃不掉的，龜太郎別錯手殺了她。」黑旋風吩咐。

「唔！」龜太郎一躍而起，在半空中居高臨下看清唐三逃走路線，俯衝而下，落在唐三身後不遠處。

「這怪物來得好快。」唐三大驚。

兩人在城鎮間展開追逐，造成混亂。

廣場中，黑旋風好整以暇，看見遠處唐三留下的鞋子，手虛空一握，將鞋子吸在手中，坐在蛇椅上換上新鞋。

「嘻嘻，今天真是好日子。」黑旋風滿心歡喜欣賞着穿在腳上的鞋子。

第七回

封印解除

　　龜太郎不停吐出水彈截擊，唐三狼狽地左閃右避，不覺間，兩人已追離市鎮，深入山區中，林內枝木橫生，不利閃避，龜太郎越追越近，唐三心慌，被樹枝絆倒，**從滑板中跌下滾落山坡**。

　　雜草叢生，轉眼唐三不見蹤影，龜太郎飛奔至山坡逐步搜索。

　　唐三意外地滾進一個隱蔽的小山洞，不知滾了多久，才撞到硬物停下來，但已暈頭轉向，頭冒金星。

　　定下神後，才發現**身處一個廣闊的山洞內**，洞頂高逾百丈透出幽幽光線，只能依稀望到四周景物。

　　唐三從身上取出一顆小圓球，按掣後，圓球冉冉浮上空中發出光芒，把洞穴照得明亮。

　　「幸好我隨身帶着小電筒。」唐三摸着腫了的額頭說。

環視四周，四處都是峭壁，只有地上突出了一個半圓形的玻璃物，剛才唐三便是撞到這東西。

「這是什麼？」唐三走近觀察。

「鏗！鏗！」唐三用手輕叩了數下，玻璃表面呈現波紋效果。「這是什麼物料？不像是電子液晶玻璃。」

「是誰？」突然一把聲音從玻璃球內傳出。

「哇！」唐三嚇得尖叫彈開。恐怖感充斥全身，牙齒打震說：「不⋯⋯不會是鬼吧？」

「我不是鬼。」玻璃球內再發出聲音。

「那你⋯⋯你是誰？」唐三問。

「我叫孫悟空。」

「孫悟空？」

「你⋯⋯你怎麼會在裏面？」

「唉！説來話長，簡單點，我是被人封印在這裏。」悟空説。

「封印？封印是什麼？」唐三不明所以。

「唔，可理解為一個囚室，如果施法術者不解咒放我出去，我只能一直被關在這裏。」

「啊，很神奇，是新科技嗎？」唐三從小就對機械發明有着濃厚興趣，天材橫溢，閒時會改良護衛們的武器為樂，此刻遇到這些新事物。好奇心勾起了，完全掩蓋了恐懼。

「內裏的佈置是如何的？你肚餓如何解決？」唐三追問。

「這裏面是一個無盡頭的空間，天和地相連，食物不缺，只是沒法離開罷了。」悟空無奈。

「天和地相連很有趣啊，真想進去看看，那你被封印了多久？」唐三問。

「我沒算錯，**應有一千多年了**。」

「一千年！說笑吧，難道你……你是妖怪？」唐三大驚。

「當然不算，妖怪怎可與我相提並論。」悟空回應。

「今……今天是什麼鬼日子，碰見的都是妖魔鬼怪。」唐三膽怯，不安感再次湧現，她只想盡快離開這裏，**轉身便想覓路逃生**。

終於看到一個洞口，但離地面至少有十米多高，要爬上去也非易事。

唐三心中嘀咕之際，悟空問：「喂！你怎會到此？」

「**我被妖怪追捕**。」唐三隨口回應。

「如果你能把我弄出去，**我可幫你收服妖怪**。」悟空說。

唐三笨手笨腳地爬上峭壁，爬了不久，

洞口走來一個人，竟是追趕過來的龜太郎。

「哇！」唐三嚇得從峭壁上跌下來。

「你⋯⋯逃不⋯⋯了。」龜太郎說。

「別⋯⋯別⋯⋯過來，『大舊衰』。」唐三退到玻璃球前。

龜太郎從洞口一躍而下，落在唐三身前，張開雙臂，**巨大身形完全籠罩着唐三**。

唐三嚇得頻頻後退，整個身子貼在玻璃球上，大叫「救⋯⋯救命呀！」

唐三尖叫聲迴盪洞中，**按在玻璃球上的手竟發出陣陣光芒**，頭髮也開始變成粉紅色。下一刻，玻璃球泛起了無數波紋，還傳出陣陣龜裂聲，無數光柱從裂縫中射出。強光刺眼，龜太郎也難抵強光，用手掩面。

「怎⋯⋯怎麼回事？」球內的悟空看見身處四周景象開始崩裂，地動山搖。

唐三慌張連爬帶滾走開，裂痕不停伸延，光芒萬丈，未幾，**一隻拳頭從球內打穿了玻璃**，強勁光柱直射洞頂，在光柱中有一身形懸浮半空，隨着光柱消散，玻璃球也崩離分解。

　　封印破解，五行山走勢也起了變化，五根巨柱慢慢移開，露出缺口。地動山搖，驚動民眾，廣場上的黑旋風及蛇兵衛也為之一愣。

　　地震維持一刻停止，再無異樣，黑旋風促蛇兵衛前去找龜太郎，恐事態有變。

悟空在山洞內被困了一千多年，難掩興奮，高聲大叫。

一個筋斗落地後，揮拳霍霍，舒展筋骨。

但眼前的悟空**竟是一名樣子甜美的女孩子**，究竟在這被困的一千年間，什麼事情令他產生了驚人變化。

你……原來是女孩子。

唐三好奇看着悟空，悟空罕有地不好意思低下頭。

悟空出現令無助的唐三看見曙光。

決戰龜妖

第八回

「你既然出來了，快把那『大舊衰』打飛。」唐三指着龜太郎。

「**不要命令我**，我自有分數。」悟空冷漠回應。

「呃！你⋯⋯想反口？」唐三説。

悟空沒再理會唐三，大力地吸着氣：「**外間的空氣就是與別不同**，真舒服。」

「你⋯⋯是誰？⋯⋯不想⋯⋯死⋯⋯便讓開⋯⋯」龜太郎步步逼近。

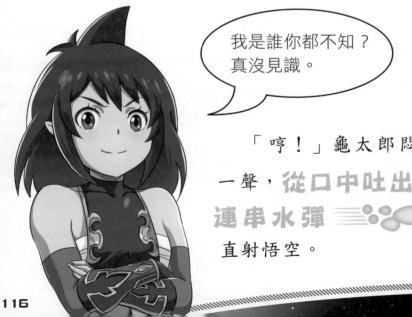

我是誰你都不知？
真沒見識。

「哼！」龜太郎悶哼一聲，**從口中吐出一連串水彈**，直射悟空。

嗖……

嗖……

嗖……

嗖……

打不中

打不中

嘿！

悟空一拳打出，龜太郎的霸體如玻璃般被打穿。

崩！

　　掩着右腹慢慢站起來的龜太郎，一臉震驚，心想：「她……是什麼來頭？」

　　「這樣吧！大牛龜，我讓你不用雙手，快來。」悟空把手撓上。

　　「你……會……死得……好……慘……」龜太郎咬牙切齒説。

　　「吼！」咆哮中，龜太郎拳頭緊握，一層光幕包裹全身，血脈賁張，身上的衣衫開始爆裂，背部骨骼凸出，變成硬殼般，五官扭曲，身體膨脹，威能不斷提升，最後掙破包裹身體的光幕。

　　龜太郎人如其名，其真身是一隻龜妖。身形變得更龐大，頸中掛着一串啡色大佛珠，手中握着一支比他還要高的巨鎚，一雙紅眼直瞪悟空，威勢攝人。

　　「啊！原來你是龜妖。」悟空説。

「但看你的佛珠顏色，在龜族中只屬中級戰士罷了。」

「你究竟是何方神聖？」龜太郎說。

嘖？你不再結巴了呢。

「哼，我要令你永遠說不出話來！」龜太郎大怒。

龜太郎修道成人後，唯一缺憾就是口齒不清，常被蛇兵衛取笑，引為奇恥大辱。

龜太郎盛怒之下手握巨鎚轉眼逼近悟空，**速度奇快**，和剛才截然不同，巨鎚橫掃，悟空退避。

　　龜太郎大喊揮鎚擊在地上，散發出如利
刃般的氣勁把地面割開，悟空閃避刀刃後，
也被震得站立不穩，龜太郎看準時機
乘勢追擊，高速移動閃至悟空背後，揮棍把
悟空打飛出去，但悟空半空翻身按地彈出，
龜太郎冷不防下被頭鎚撞個正着，鼻頭紅腫
疼痛。

　　「混蛋！」

　　龜太郎瘋狂揮動巨鎚，悟空邊躲邊擋被
逼得節節後退。

不是吧？
就這樣死了？

當龜太郎得意之際，**埋在沙泥中的悟空彈了起來**，把龜太郎嚇得呆在當場。

「果然厲害呢。攻擊相當奏效啊。」悟空笑說。

「你！你故意被我打中？」龜太郎大驚。

「領教過你的厲害，**這次到我了**。」悟空擦拭嘴上的血。

「真是被虐狂！」唐三說。

「氣⋯⋯氣死人了，你究竟是何方神聖？」龜太郎大喊。

「別大呼小叫，你聽清楚了。」悟空吸了一口氣後，擺好姿勢，高聲道：

「你真的是孫悟空？**傳聞孫悟空是男孩子⋯⋯**」龜太郎疑惑。

「哼，男或女不重要，實力證明一切！」悟空從耳裏取出一根針，手一翻變化成棍棒。

如意金箍棒？你真的是孫悟空！

悟空笑得彎下腰，在遠處的唐三也笑得
合不攏嘴。

悟空走近拔出棍棒縮小收回耳內，龜太
郎面紅耳熱奮力站起來。

你這隻死
猴子，我
要把你碎
屍萬段！

第九回

新開始

龜太郎從懷裏拿出神奇膠囊，打開後出現一件**如槍炮的奇特武器**。牠把武器套在右手上，舉起炮口指着悟空，大喊：「吃吧！」

　　光炮射出，聲勢奪人，悟空跳開閃避，光炮擦身而過。

　　突然，光炮竟在半空轉彎追擊，**悟空察覺時已閃避不及**，背部被打中，飛跌在地。

　　不一會悟空便從地上站起來，剛才那一炮完全傷不了她。

　　「**竟懂得轉彎，真神奇！**咦？我的衣服破了！」悟空看見背後衣服穿了大洞。

　　「好硬的霸體！」龜太郎心想。

　　「你這龜蛋，**快賠我衣服！**」悟空大喊。

　　「再提高能量對付她。」龜太郎再次舉炮對準悟空發射。

　　光炮如影隨形緊追閃避的悟空。

「哈哈，你是逃不了的！」龜太郎興奮地說。

「是嗎？」悟空嘴角上揚，已想到應付方法。她加速沿着山洞內四處奔走，光炮緊追不捨。突然，**悟空急速向着龜太郎方向跑去**，在龜太郎身前停住。

「嗨！」

悟空這舉動，**令龜太郎頓了一下**。

光炮已追近身後，這時，悟空迅速向左閃開，光炮來不及轉彎，直接擊中龜太郎，一聲巨響。

爆炸後，只見龜太郎傷痕纍纍受創不輕，幸好牠皮堅肉厚才不致倒下。

「**哈哈……自作自受！**」悟空大笑。

「可……可惡……」龜太郎滿臉怒容，突然心念一轉，再次提高光炮能量，但這次對準的目標不是悟空，而是唐三。

龜太郎奸笑地發射光炮，唐三嚇得大叫。

「你這卑鄙龜妖！」

悟空極速跑向唐三，剛好趕上伸出雙手抵住光炮，威力卻把悟空推得向後退，**在地上剷出一條深坑。**

龜太郎大笑，繼續加強光炮能量。

「哈哈，看你捱得多久！」

「咤！」悟空大喝，雙手向上一推，光炮被帶動得直射向上，轟在山石上爆出巨響。

「呼⋯⋯好燙⋯⋯好燙⋯⋯」悟空向着掌心不停吹氣。

龜太郎愕在當場，**心生懼意。**

「本來想饒你一命，但現在我改變主意了⋯⋯」**悟空帶着怒氣擺動架勢**，雙手屈曲放在身旁，手心凝聚起能量。

「看我怎麼對付你！」悟空眼神堅定，手心聚集的能量爆發出光芒。

龜太郎無以為繼，被光波完全吞噬，發出一聲慘叫後化作飛灰，元神俱滅。

嗚哇～

轟隆

呼，完結。

「喂！我已幫你解決牠了。」

唐三抬頭看了看四周，看見山壁那深坑，張大嘴巴呆在當場。

除了唐三震驚外，另一個隱藏在暗處的人也被悟空實力震懾，他便是蛇兵衛，本來是趕來支援龜太郎，剛好看見這一幕，隨即不敢妄動。

「孫悟空！看來只有女王才可匹敵，現在還是速逃為妙。」

蛇兵衛靜悄悄轉身離開，剛才看見同僚身處險境也不加以援手，實在是冷血無情。

煙塵散去，唐三留意到地上有一發光物體，走近察看，原來是一塊晶片，唐三滿心歡喜拾起來。「執到寶了。」

解決了唐三危機，悟空已兌現了承諾。「現在你我各不相欠，再見！」悟空説。

「等……等等……」

「還有事嗎？」

「你……你可以帶我離開這裏嗎？」唐三說話同時腦海卻有另一想法。「她這麼強，如果能邀她做我護衛，什麼妖怪也不用怕了，但有什麼方法可以挽留她呢？」

你真麻煩啊。

悟空抱怨之際，肚子卻發出「咕嚕」聲。

唐三看在眼裏，想到挽留方法，微笑道：

這樣吧，你來我家吃飯，各色各樣的美食任你享用，再送你大量金錢及衣服，如何？

這主意不錯，成交！

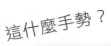

這什麼手勢？

我原創的……

好土。

我們從上面走！

這麼高？

B

149

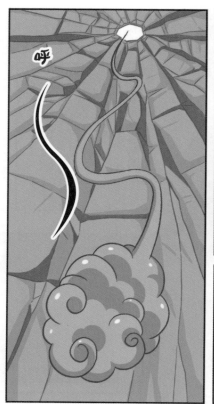

呼

呃......

hi！
小雲！

走吧！

你不不不是要用這個......

抓。

嗚

哇
!!!

　　兩人穿過山頂，直達雲霄。

　　孫悟空和唐三的相遇，是偶然？還是命

中註定？

　　無論如何，她們兩人往後的命運從此刻

起已緊緊相扣。

後記……

廣場上，一隊大唐護衛兵接獲通知趕來拯救，人數大約三、四十人，手持武器把黑旋風團團包圍。這時蛇兵衛趕回來向黑旋風報告情況，只見黑旋風一直保持的高貴儀容徹底消失，五官扭曲咬牙切齒。

「孫悟空！孫悟空！」

怒髮衝冠，身體飄散出陣陣黑氣，黑氣如有生命般直襲各護衛兵。黑氣纏身，再從鼻孔進入體內，未幾，眾人面露痛苦，呼吸困難，武器全跌在地上。身體中的精氣從每人口中吐了出來，整個人光華盡失，面如死灰倒在地上。

所有精氣全飄進黑旋風鼻內，她不費吹灰之力便解決掉所有護衛兵。被龜太郎打倒的四名騎士，雖未受襲擊，但已嚇得呆在當場。

「你們還有可用之處，可留性命！」

黑旋風眼望四人，使出移魂大法，四騎士即時心神被控，不能自我。

「蛇兵衛，你先擬定計劃，再吩咐他們裏應外合。」

「知道！女王！」

黑旋風作為一方霸主，自有個人之處，憤怒中不失冷靜，隨機應變。

下回預告

嗨！我是悟空。

唐三公主邀請我去她家，當然要大吃大喝填飽肚子了。但竟然給我遇上了如來弟子——觀音小善。

她要我擔任護衛，護送唐三公主前往大王星**解救宇宙危機**，將功補過。

被我消滅的龜妖，他的主人黑旋風竟斗膽設計擄走唐三公主，嘿，邪魔外道，我要她知道我老孫的厲害。

還有一人（還是豬？）都會前去對付黑風女妖，他的名字叫——**豬八戒**。

決戰！黑風女妖
星域西遊第二期

大家不要錯過呀 ★

星域西遊①
天外來客

著　／　繪：岑卓華
出版總監：劉志恒
主　　　編：譚麗施
美術主編：陳皚瑩
美術設計：梁穎嘉
特約編輯：莊櫻妮
出　　　版：明報教育出版有限公司
　　　　　　香港柴灣嘉業街 18 號明報工業中心 A 座 15 樓
　　　　　　電話：(852) 2515 5600　　傳真：(852) 2595 1115
　　　　　　電郵：cs@mpep.com.hk
　　　　　　網址：http://www.mpep.com.hk
發　　　行：香港聯合書刊物流有限公司
　　　　　　香港新界大埔汀麗路 36 號中華商務印刷大廈 3 樓
印　　　刷：創藝印刷有限公司
　　　　　　香港柴灣利眾街 42 號長匯工業大廈 9 樓
初版一刷：2022 年 7 月
定　　　價：港幣 69 元｜新台幣 310 元
國際書號：ISBN 978-988-8350-85-8

補購方式

網上商店
- 可選擇支票付款、銀行轉帳、PayPal 或支付寶付款
- 可選擇郵遞或順豐速遞收件

電話購買
- 先以電話訂購，再以銀行轉帳或支票付款
- 訂購電話：2515 5600
- 可選擇郵遞或順豐速遞收件

mpepmall.com

讀者回饋

感謝你對明報教育出版的支持，為了讓我們能更貼近讀者的需求，
誠邀你將寶貴的意見和看法與我們分享，請到右面的網頁填寫讀
者回饋卡。完成後將有機會獲贈精美禮物。數量有限，送完即止。

https://www.mpep.com.hk/shamcheukwah